COLLECTION

E. M. HODGKINS

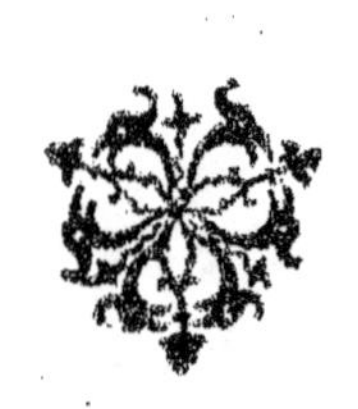

DESSINS, AQUARELLES

ET

GOUACHES

DE

L'ÉCOLE FRANÇAISE DU XVIIIe SIÈCLE

CONDITIONS DE LA VENTE

Elle sera faite au comptant.

Les acquéreurs paieront *dix pour cent* en sus des enchères.

Paris. — Imp. Georges Petit, 12, rue Godot-de-Mauroi. — 23653-14

CATALOGUE

DES

Dessins, Aquarelles

ET

GOUACHES

DE

l'École Française du XVIIIe siècle

ŒUVRES DE

E. AUBRY, L. VAN BLARENBERGHE, L. BOILLY
A. BOREL, F. BOUCHER, C.-A. CHASSELAT, C.-N. COCHIN, J.-H. FRAGONARD
H.-F. GRAVELOT, A. GRIMOU, C. HOIN, J.-B. HUET, J.-B. ISABEY
E. JEAURAT, N. LANCRET, N. LAWREINCE
L.-N. DE LESPINASSE, J.-B. MALLET, J.-B. MARÉCHAL
MAUCERT, G. OPIZ, J.-B. OUDRY, J.-A. PORTAIL, A. PUJOS, J.-E. SCHENEAU
H.-N. VAN GORP, A. WATTEAU, ETC.

Composant

la Collection particulière de M. E. M. HODGKINS

DONT LA VENTE AURA LIEU A PARIS

GALERIE GEORGES PETIT

8, RUE DE SÈZE, 8

Le Jeudi 30 Avril 1914, à 2 heures 1/2

COMMISSAIRES-PRISEURS

Me F. LAIR-DUBREUIL | **Me HENRI BAUDOIN**
6, rue Favart, 6 | 10, rue Grange-Batelière, 10

EXPERTS

M. JULES FÉRAL | **MM. PAULME & B. LASQUIN Fils**
7, rue Saint-Georges, 7 | 10, rue Chauchat   rue Grange-Batelière, 11

EXPOSITIONS

PARTICULIÈRE : *Le Mardi 28 Avril 1914, de 1 h. 1/2 à 6 heures.*
PUBLIQUE : *Le Mercredi 29 Avril 1914, de 1 h. 1/2 à 6 heures.*

DÉSIGNATION

AUBRY (ÉTIENNE)

Versailles, 1745 † Versailles, 1781.

1 — *Le Mariage rompu.*

Dessin au lavis de sépia.

Haut., 448 millim.; larg., 585 millim.

Collection Pierre-François Basan (vente à Paris, le 11 frimaire an VII [1er décembre 1798], n° 62).

Collection Eugène Kraemer (vente à Paris, les 2-5 juin 1913, n° 126).

Gravé par ROBERT DE LAUNAY, sous le titre : *le Mariage rompu.*

BLARENBERGHE (Louis van)

Lille, 1734 † 1812.

2 — *Une Noce de village.*

Signé en bas, à droite : *Van Blarenberghe,*
1789.

Gouache.

Haut., 360 millim.; larg., 533 millim.

Cadre en bois sculpté.

Vente du 21 août 1865, à Lille.
Collection Jules Beer (vente du 29 mai 1913,
n° 34 du catalogue).

BOILLY (Louis-Léopold)

La Bassée, 1761 † Paris, 1845.

3 — *Le Baiser.*

Dessin au crayon noir, à l'estompe, avec
rehauts de blanc.

Haut., 540 millim.; larg., 408 millim.

BOILLY (Louis-Léopold)

La Lecture du onzième bulletin de la Grande Armée.

Signé : *L. Boilly; 1806.*

Dessin au lavis d'encre de Chine, rehaussé d'aquarelle.

Haut., 427 millim.; larg. 580 millim.

Cadre en bois sculpté.

Ce dessin est sans doute celui qui a figuré à la vente Arnault, le 15 avril 1835, n° 21, et qui est cité par H. Harrisse, *L.-L. Boilly*, p. 176, n° 1074. Le tableau, de même grandeur, figura au Salon de 1808 (n° 54), à la vente Boilly de 1829 (n° 6), à la vente Daupias (1892, n° 2), et se trouvait en dernier lieu dans la collection Bartholdi.

BOILLY (Louis-Léopold)

5 — *Un Café de Paris en 1815.*

PENDANT DU SUIVANT

Dessin au lavis d'encre de Chine et à l'aquarelle.

Haut., 520 millim.; larg., 735 millim.

Cadre en bois sculpté.

Collection G. Lutz.
Exposition centennale de 1900.
Reproduit par H. Harrisse, *L.-L. Boilly*, pl. à la p. 28, cf. p. 84 et p. 164, n° 886.

BOILLY (Louis-Léopold)

6 — *Un Cabaret de Paris en 1815.*

PENDANT DU PRÉCÉDENT

Dessin au lavis d'encre de Chine et à
l'aquarelle.

Haut., 597 millim.; larg., 821 millim.

Cadre en bois sculpté.

Exposition centennale de 1900.
Cité par H. Harrisse, *L.-L. Boilly*, p. 163,
nº 885.

BOREL (Antoine)

École française, xviiiᵉ siècle.

7 — *Le Gage touché.*

PENDANT DU SUIVANT

Signé en bas, à gauche : *A. Borel,* avec
les lettres *A. B.* en monogramme.
Aquarelle gouachée, dans un riche encadrement lavé en grisaille.

Haut., 432 millim.; larg., 418 millim.

BOREL (Antoine)

8 — *Le Colin-maillard.*

PENDANT DU PRÉCÉDENT

Signé en bas, à gauche.
Aquarelle gouachée dans un encadrement
lavé en grisaille.

Haut., 432 millim.; larg., 318 millim.

BOUCHER (François)
Paris, 1703 † Paris, 1770.

9 — *Vénus aux colombes.*

Signé en bas, à droite : *F. Boucher.*
Dessin aux trois crayons.

Haut., 292 millim.; larg., 440 millim.

BOUCHER (François)
(Attribué à)

10 — *L'Enfant à la bouteille.*

Dessin au crayon noir, avec rehauts de blanc, sur papier bleu.

Haut., 234 millim.; larg., 171 millim.

Gravé par Demarteau (n° 211, daté de 1769).

BOUCHER (François)
(D'après)

11 — *Le Déjeuner.*

Lavis à rehauts d'aquarelle.

Haut., 335 millim.; larg., 270 millim.

BOUCHER (François)
(D'après)

12 — *Renaud et Armide.*

Dessin au crayon noir à rehauts de blanc.

Haut., 324 millim.; larg., 402 millim.

BOUCHER (François)
(D'après)

13 — *Pensent-ils à ce mouton?*

PENDANT DU SUIVANT

Dessin au crayon noir, à rehauts de blanc
et de sépia.

Haut., 393 millim.; larg., 315 millim.

BOUCHER (François)
(D'après)

14 — *La Lettre.*

PENDANT DU PRÉCÉDENT

Dessin au crayon noir, avec rehauts de
blanc.

Haut., 393 millim.; larg., 315 millim.

BOUCHER (François)
(École de)

15 — *La Baigneuse surprise.*

PENDANT DU SUIVANT

Gouache.

Haut., 294 millim.; larg., 220 millim.

BOUCHER (François)
(École de)

16 — *La Jeune Mère.*

PENDANT DU PRÉCÉDENT

Gouache.

Haut., 294 millim.; larg., 220 millim.

CHASSELAT (Charles-Abraham)

Paris, 1782 † Paris, 1843.

17 — *Jeune femme assise de côté dans un fauteuil.*

PENDANT DU SUIVANT

Dessin au crayon noir, à rehauts blancs.

Haut., 298 millim.; larg., 180 millim.

Collection Frédéric Villot.
Collection des Goncourt (vente à Paris, le 15 février 1897, n° 43 du catalogue).
Ce dessin et le suivant sont peut-être l'œuvre de Pierre Chasselat, mort en 1814.

CHASSELAT (Charles-Abraham)

18 — *Femme assise sur un fauteuil.*

PENDANT DU PRÉCÉDENT

Dessin au crayon noir, à rehauts blancs.

Haut., 304 millim.; larg., 197 millim.

Collection Frédéric Villot.
Collection des Goncourt (vente à Paris, le 15 février 1897, n° 44 du catalogue).

COCHIN le Fils (CHARLES-NICOLAS)

Paris, 1688 † Paris, 1754.

19 — *Illuminations des écuries de Versailles à l'occasion du second mariage du Dauphin (9 février 1747).*

Lavis à la plume, avec rehauts de gouache.

Haut., 445 millim.; larg., 905 millim.

Exposé au Salon de 1750.
Collection Jacques Doucet (vente à Paris, 5 juin 1912, n° 11).
Gravé par INGRAM (Jombert, *Catal. de l'Œuvre de Cochin*, n° 161).

DANLOUX (HENRI-PIERRE)

(Attribué à)

Paris, 1753 † Paris, 1809.

20 — *Jeune Femme coiffée d'un cabriolet.*

Dessin au crayon noir.

Haut., 328 millim.; larg., 255 millim.

ÉCOLE FRANÇAISE

Époque du Premier Empire.

21 — *Les Trois Sœurs.*

On lit en bas, à gauche : *L. Boilly*.
Gouache circulaire sur vélin.

Diam., 224 millim.

ÉCOLE FRANÇAISE

xviiiᵉ siècle.

22 — *Jeune Femme coiffée à la chinoise.*

Dessin aux trois crayons avec rehauts de pastel.

Haut., 332 millim.; larg., 268 millim.

ÉCOLE FRANÇAISE

xviiiᵉ siècle.

23 — *Le Baiser.*

Dessin avec rehauts de pastel.

Diam., 300 millim.

ÉCOLE FRANÇAISE

xviiiᵉ siècle.

24 — *Portrait d'une jeune femme.*

Dessin au crayon noir et à la sanguine, à rehauts de blanc.

Forme ovale.

Haut., 175 millim.; larg., 144 millim.

FRAGONARD (Jean-Honoré)

Grasse, 1732 † Paris, 1806.

25 — *Le Sacrifice au Minotaure.*

Bistre et aquarelle.

Haut., 335 millim.; larg., 442 millim.

Cadre ancien, époque Louis XVI, bois sculpté et doré.

Collection Brun-Neergard (vente à Paris, août 1814, n° 127).

Collection Jacques Doucet (vente à Paris, le 5 juin 1912, n° 146).

La peinture, dont cette aquarelle est l'esquisse, faisait aussi partie de la collection Jacques Doucet (vente à Paris, le 5 juin 1912, n° 146), et se trouve actuellement chez Mme Watel-Dehaynin.

FRAGONARD (Jean-Honoré)

26 — *Jeune Femme assise.*

Signé en bas, à gauche : *Frago, 1785.*
Dessin à la sanguine.

Haut., 223 millim.; larg., 172 millim.

Cadre ancien, en bois sculpté et ajouré, attribué à Bagard de Nancy.

Collection Camille Marcille.

Collection des Goncourt (vente à Paris, le 15 février 1897, n° 83).

Collection Pierre Decourcelle (vente à Paris, le 29 mai 1911, n° 89).

Gravé par Jules de Goncourt.

A figuré à l'exposition de l'École des Beaux-Arts (1879, n° 593), à l'exposition Chardin-Fragonard et à l'exposition de Berlin, 1910.

FRAGONARD (JEAN-HONORÉ)

27 — *La Visite au grand-père.*

Dessin lavé à la sépia.

Haut., 285 millim.; larg., 310 millim.

Collection du baron Adolphe de Rothschild.

FRAGONARD (JEAN-HONORÉ)

28 — *Buste de Napolitaine.*

Sépia.

Haut., 355 millim.; larg., 278 millim.

Collection Marmontel (vente à Paris, le 28 mars 1898, n° 24).

Dessin exécuté par Fragonard lors de son voyage en Italie avec le célèbre financier Bergeret.

FRAGONARD (JEAN-HONORÉ)

(Attribué à)

29 — *Jeune Femme tenant sa traîne.*

Dessin à la pierre d'Italie.

Haut., 399 millim.; larg., 252 millim.

GRAVELOT

(Hubert-François-Bourguignon, dit)
Paris, 1699 † 1773.

30 — *L'Entretien galant.*

Dessin au crayon noir, à rehauts de blanc.

Haut , 425 millim.; larg., 338 millim.

Collection du général comte Andreossy (vente à Paris, le 13 avril 1864, n° 783).
Collection des Goncourt (vente à Paris, le 15 février 1897, n° 110).
Exposition de l'École des Beaux-Arts (1879, n° 506).

GRIMOU (Alexis)
Argenteuil, 1678 † Paris, 1733.

31 — *Jeune Femme coiffée d'un toquet.*

Dessin aux trois crayons.

Haut., 395 millim.; larg., 251 millim.

HOIN (Claude-Jean-Baptiste)
Dijon, 1750 † Dijon, 1817.

32 — *La Consultation de l'Oracle.*

Gouache.

Haut., 390 millim.; larg., 310 millim.

Collection Mühlbacher (vente à Paris, le 15 mai 1899, n° 143).
Collection H.-J. Mandl (ventes à Paris, le 25 février 1904, et le 9 février 1905, n° 38).

HUET (Jean-Baptiste)
Paris, 1745 + Paris, 1811.

33 — *Le Repos des bergers*.

Signé en bas, à droite : *J.-B. Huet, 1789*.
Aquarelle.

Haut., 305 millim.; larg., 232 millim.

ISABEY (Jean-Baptiste)
Nancy, 1767 + Paris, 1855.

34 — *Le Petit Coblentz (vue du boulevard de Gand sous le Directoire)*.

Plume rehaussée d'aquarelle.

Haut., 453 millim.; larg., 450 millim.

Collection du comte de La Béraudière (vente à Paris, le 16 avril 1883, nº 153).
Collection Richard Lion (vente à Paris, le 3 avril 1886, nº 63).
Gravé par E. Loizelet.

JEAURAT (Étienne)
Paris, 1699 + Versailles, 1789.

35 — *Le Petit Dessinateur*.

Dessin à la sanguine.

Haut., 500 millim.; larg., 397 millim.

Cadre en bois sculpté.

LANCRET (Nicolas)
Paris, 1690 † Paris, 1743.

36 — *Feuille d'étude.*

Sanguine.

Haut., 168 millim ; larg., 202 millim.

Collection Andrew James.

LANCRET (Nicolas)
(Attribué à)

37 — *Un Mezzetin.*

Sanguine.

Haut., 214 millim.; larg., 245 millim.

Collection Andrew James.

LAWREINCE (Nicolas)
Stockholm, 1737 † Stockholm, 1807.

38 — *Les Trois Sœurs*
au Parc de Saint-Cloud.

Signé en bas, à gauche : *Lavreince.*
Aquarelle gouachée.

Haut., 168 millim.; larg., 217 millim.

Collection Audouin (vente à Paris, le 18 janvier 1892).
Collection G. Mühlbacher (vente à Paris, le 15 mai 1899, n° 166).
Gravée par J.-B. Chapuy.

LAWREINCE (Nicolas)

39 — *Le Petit Lever.*

Gouache.

Haut., 270 millim.; larg., 202 millim.

Collection G... et T... (vente à Paris, le 31 janvier 1898, n° 115).

LESPINASSE (Louis-Nicolas de)

Pouilly, 1733 † Paris, 1808.

40 — *Vue du Grand Trianon, prise du côté de l'entrée, en 1780.*

Aquarelle et gouache sur trait de plume.

Haut., 206 millim.; larg., 339 millim.

Cadre style Louis XVI, bois sculpté et doré, avec guirlande à la partie inférieure et tablette.

Collection Jacques Doucet (vente à Paris, 5 juin 1912, n° 31).
Exposition rétrospective de la Ville de Paris, à l'Exposition Universelle de 1900, n° 183 *bis*.
Gravée par NÉE, pour le *Voyage pittoresque de la France*, t. I, 10e livraison, pl. 21.

MALLET (Jean-Baptiste)

Grasse, 1759 † Paris, 1835.

41 — *La Tireuse de cartes.*

Gouache.

Haut., 260 millim.; larg., 200 millim.

MALLET (Jean-Baptiste)

42 — *Le Petit Déjeuner.*

Gouache.

Haut., 315 millim.; larg., 220 millim.

Cadre en bois sculpté.

MARÉCHAL (Jean-Baptiste)

École française,

fin du xviiiᵉ et commencement du xixᵉ siècle.

43 — *Intérieur de palais.*

Signé à l'encre, dans l'angle inférieur de droite : *J.-B. Maréchal, 1779.*

Haut., 480 millim.; larg., 637 millim.

Cadre ancien, époque Louis XVI, en bois sculpté et doré.

Collection Jacques Doucet (vente à Paris, le 5 juin 1912, nᵒ 33).

MAUCERT

École française, XVIII° siècle.

44 — *Exposition de tableaux
sur la place Dauphine.*

Signé : *Maucert, 1784.*

Lavis de sépia rehaussé d'aquarelle et de gouache.

Haut., 497 millim.; larg., 814 millim.

Collection de Mme Lelong (vente à Paris, le 27 avril 1903, t. I., n° 64).

OPIZ (G.)

45 — *La Marchande d'oranges.*

PENDANT DU SUIVANT

Signé en bas, à gauche : *G. Opiz, inv. et del.*

Dessin à lavis d'encre de Chine rehaussé d'aquarelle.

Haut., 365 millim.; larg., 310 millim.

OPIZ (G.)

46 — *La Marchande d'huîtres.*

PENDANT DU PRÉCÉDENT

Signé en bas, à gauche : *G. OPIZ inv. et d.*

Dessin au lavis d'encre de Chine, rehaussé d'aquarelle.

Haut., 307 millim.; larg., 293 millim.

OUDRY (Jean-Baptiste)

Paris, 1686 † Beauvais, 1755.

47 — *Un Épagneul.*

Dessin au crayon noir, à l'estompe et à la sanguine.

Haut., 380 millim.; larg., 422 millim.

PORTAIL (Jacques-André)

Nantes, 1691 † Versailles, 1759.

48 — *La Musique de chambre.*

Dessin à la sanguine et au crayon noir.

Haut., 295 millim.; larg., 250 millim.

Cadre en bois sculpté.

Collection Pierre Decourcelle (vente à Paris, le 29 mai 1911, n° 139).

PUJOS (André)

École française, XVIIIe siècle.

49 — *Portrait de Mlle Beauménil.*

Dessin au bistre, sur traits de plume.

Haut., 204 millim.; larg., 148 millim.

Gravé avec de petites variantes dans l'encadrement (l'Amour jouant de la lyre est supprimé) par VIDAL.

SCHENEAU (Jean-Éléazar)
Schenau, 1745 † 1756.

50 — *Les Apprêts de la maternité.*
PENDANT DU SUIVANT

Lavis aquarellé.

Haut., 190 millim.; larg., 247 millim.

Cadre en bois sculpté.

Collection Pierre Decourcelle (vente à Paris, le 29 mai 1911, n° 161).

SCHENEAU (Jean-Éléazar)

51 — *La Toilette du nouveau-né.*
PENDANT DU PRÉCÉDENT

Lavis aquarellé.

Haut., 187 millim.; larg., 245 millim.

Cadre en bois sculpté.

Collection Pierre Decourcelle (vente à Paris, le 29 mai 1911, n° 162).

VAN GORP (Henri-Nicolas)
Paris, xviiie siècle.

52 — *Le Visiteur attendu.*
Signée a gauche, en bas, et datée.
Gouache.

Haut., 335 millim.; larg., 265 millim.

VINCENT (François-André)
Paris, 1746 † Paris, 1816.

53 — *Jeune Femme en buste.*

Dessin aux trois crayons.

Haut., 460 millim.; larg., 330 millim.

WATTEAU (Jean-Antoine)
Valenciennes, 1684 † Nogent-sur-Marne, 1721.

54 — *Feuille d'études : sept têtes.*

Trois crayons, sur papier chamois.

Haut., 227 millim.; larg., 285 millim.

Cadre ancien, époque Louis XV, bois sculpté et doré.

Collection des Goncourt (vente à Paris, 15 février 1897, n° 344); la marque de la collection des Goncourt se voit en bas, à droite.

Collection Jacques Doucet (vente à Paris, le 5 juin 1912, n° 66).

Exposition des dessins de maîtres anciens, à l'École des Beaux-Arts, 1879, n° 472.

Reproduit par les Goncourt, *l'Art du XVIIIᵉ siècle* (éd. in-4°, t. I, pl. à la p. 42), et au catalogue de la vente des Goncourt.

WATTEAU (Jean-Antoine)

55 — *Feuille de trois têtes.*

Sanguine.

Haut., 301 millim.; larg., 163 millim.

Cadre en bois sculpté.

Collection de Mᵐᵉ Lelong. N'a pas figuré à la vente.